L'HEUREUX REGNE,

STANCES ALLÉGORIQUES

AU ROI,

AVEC

UNE ODE

A LA REINE,

Par M. LANCELIN:

Suivie de deux Pieces sur le même sujet.

A PARIS,

Chez **CAILLEAU**, Imprimeur – Libraire, rue Saint-Severin, dans la Porte cochere à côté du Papetier, vis-à-vis des murs de l'Eglise.

1774.

(10)

L'HEUREUX REGNE,
STANCES
ALLÉGORIQUES
AU ROI,
SUR
SON GLORIEUX AVÉNEMENT.

FRANÇAIS, la nuit pour vous fait place à la lumiere,
Pour vous fur l'horifon brille un Soleil nouveau:
Lorfque vous le voyez commencer fa carriere,
Adorez l'Eternel dans un préfent fi beau.

Son invifible main l'éleva fur vos têtes
Pour vous mettre à l'abri des fléaux dangéreux :
Il fçaura diffiper les horribles tempêtes,
Qui pourroient de vos jours troubler le calme heureux.

A ij

Sa présence fait fuir les ténébreux nuages :
Le Ciel, à son aspect, se peint d'un riche azur ;
Et bientôt ses rayons, en chassant les orages,
Purgeront l'Univers de ce qu'il a d'impur.

Sous les regards heureux de cet Astre prospère,
L'Aquilon n'osera déchaîner ses fureurs ;
Aux filles du Printems son haleine contraire,
Ne pourra de la terre effacer les couleurs.

D'un immortel émail les plaines décorées,
Offriront à nos yeux les plus rians tableaux ;
Et de Flore portant les superbes livrées
Les champs seront toujours couverts d'épis nouveaux.

Français, voilà les biens que pour vous fera naître
Votre jeune Monarque objet du soin des Cieux :
Son magnanime cœur s'est déjà fait connaître
Par des œuvres de Pere & de Roi généreux.

Peu jaloux d'égaler la valeur meurtrière
Du rapide Vainqueur & d'Arbelle & d'Issus,
Il gémit, quand armé de la foudre guerrière,
Il le voit renverser le trône de Cyrus.

(5)

Que mérite un Héros qui, rival du Tonnerre ;
Ne se plut qu'à nager dans des fleuves de sang ;
Et qui, mettant sa gloire à ravager la Terre,
Prétendit d'un Dieu même & le titre & le rang ?

On ne peut voir en lui qu'un Brigand sanguinaire
Qui, de l'humanité l'horreur & le fléau,
Détruisit de la paix le regne salutaire,
Et de tout l'Orient fit un vaste tombeau.

Aux premiers des Césars les Gaules & Pharsale
Ont assuré le nom du plus grand des vainqueurs :
Fut-il moins un Tyran qui d'une main fatale,
Immola sa Patrie à ses propres fureurs.

De ces Brigands fameux, les vertus mensongères
Ne furent que des noms, des titres fastueux,
Et leurs plus beaux Exploits des crimes volontaires
Qui durent allumer la colere des Dieux.

Mon Roi ne sera point l'émule de leur gloire :
Moins ami d'un grand nom que de l'humanité,
Il ne veut s'acquérir un beau rang dans l'histoire,
Que par des traits d'amour, de douceur, d'équité ;

A iij

Il friſſonne à l'aſpect de ces Princes finiſtres
Qui n'aiment à fouler que des débris ſanglans,
Et du courroux des Dieux déteſtables miniſtres,
Font gémir leurs ſujets ſous des ſceptres brûlans.

Pere de la Patrie, il ſçaura de ce titre
Et remplir les devoirs, & ſoutenir l'honneur:
Si des autres mortels il daigne être l'arbitre,
C'eſt pour faire à la fois leur gloire & leur bonheur.

Sans aller conſulter des traces incertaines
Et ſans même appeller l'exemple des Titus,
Au ſang noble & fameux qui coule dans ſes veines,
L O U I S puiſa d'abord les ſolides vertus.

Qu'on ne lui vante point les Trajans, les Aurelles,
Ces ſuperbes Héros de la gentilité:
Ses ayeux ſont pour lui de plus nobles modeles;
Aucun d'eux ne brilla d'un éclat emprunté.

Qu'il ait du plus ſaint ROI la piété ſincere;
De PHILIPPE ſon fils le zele courageux;
Du douxieme L O U I S les entrailles de Pere;
Et du premier V A L O I S les deſſeins généreux.

Qu'en Héros intrépide il vole à la Victoire,
Sur l'aîle des François, sur les pas des HENRIS,
Qu'il égale, s'il peut, la grandeur & la gloire
De son quadruple Ayeul, & du dernier LOUIS.

Pourra-t-il s'égarer dans les routes du Trône.
En suivant pas à pas des Guides si certains ?
Peut-être quelque jour, plus instruit que personne,
Saura-t-il à ses Fils en tracer les chemins ?

S'il est jeune, le Ciel guidera sa jeunesse,
Dans le dédale obscur des politiques loix ;
Et du grand Salomon, lui donnant la Sagesse,
Il en fera l'Oracle & l'exemple des Rois.

Acceptez, ô Français, ce fidele présage,
Le grand cœur de LOUIS m'en est le sûr garant :
De la faveur des Cieux ce Prince est l'heureux gage,
Conservez à jamais un si riche présent.

Un Roi plein de douceur, un Roi plein de tendresse,
De la bonté des Dieux est un don imprévu ;
C'est le Chef-d'œuvre heureux de leur haute sagesse,
C'est le dernier effort de toute leur vertu.

ODE
A LA REINE.

FILLE du Ciel, divine Aſtrée,
Immole ton juſte courroux,
Et quittant la voute azurée,
Reviens habiter parmi nous.
Les Vices qui t'ont fait la guerre,
Vont bientôt, frappés du Tonnerre,
Rentrer dans l'infernal ſéjour.
Les Vertus longtems exilées,
Par LOUIS même rappellées
Vont enfin regner à leur tour.

Deſcends & viens juger toi même
Du don que nous ont fait les Cieux ;
Tu verras leur beauté ſuprême
Briller dans ce don précieux
Chef-d'œuvre heureux de la nature ;
Notre Reine, pour ſa parure,
Réunit les plus doux attraits ;
Les Ris voltigent ſur ſes traces,
Son front eſt le Trône des Grâces,
L'Amour reſpire dans ſes traits.

Le feu charmant de la jeuneſſe
Eſt allumé dans ſes beaux yeux ;
De ſa douceur enchantereſſe,
Tout ſent l'attrait victorieux ;
Mais quoique de beautés parée
Elle eſt encor mieux décorée
Des Vertus qui ſuivent ſes pas.
La Foi , la Piété ſincere,
Et la Charité populaire
Lui prêtent de nouveaux appas.

Deſcends donc , ô Vierge céleſte ;
Deſcends avec ta ſœur Thémis ,
Et viens par ton regard modeſte
Charmer l'Epouſe de LOUIS:
De tes Sœurs qui lui font cortége ,
Viens par un heureux privilége,
Groſſir le nombre dans ſa Cour ?
Dans les ſentiers de la juſtice,
Ta lumiere douce & propice
Pour elle répandra le jour.

Mais, quoi ! le nuage s'entr'ouvre !
Ma Priere a percé les Cieux ;
Le Trône de Dieu ſe découvre
A mon regard reſpectueux ,

Du sein de la gloire éternelle,
Des deux Sœurs le grouppe fidele
Sort, & brillant & radieux ;
Des airs il perce la carriere,
Et sur un sillon de lumiere ,
Descend vers les terrestres lieux.

Puisque Thémis avec Astrée,
Daigne ici bas fixer son cours,
Nous allons de l'antique Rhée,
Voir renaître les heureux jours :
Sous l'œil d'une nouvelle Aurore,
Les fleurs vont s'empresser d'éclore,
Dans nos champs séjour du repos :
Assis en paix sur la verdure ,
Nous ne craindrons plus la morsure
Du noir ministre d'Atropos.

Par tout le Laboureur tranquile ;
Sous les auspices de Cérès,
Du soc d'une charrue utile
Ouvrira ses vastes guerets.
Il ne craindra point que l'orage
Sortant en éclat du nuage ,
Fonde sur ses épis nouveaux ,
Ni qu'un jour l'Exacteur avide
Arrache de sa main timide
Le plus cher fruit de ses travaux.

La Campagne offrira l'image
Et de la paix, & du bonheur :
Les uns fous un toit de feuillage
S'abreuveront d'un jus flatteur ;
Les autres couchés fous les hêtres,
Fredonneront des airs champêtres
Sur leurs pipaux réjouiffans ;
Tandis que les jeunes Bergeres
Sautilleront fur les fougeres,
Sans craindre les loups raviffans.

La difette du fein des Villes
Fuyant à pas précipités,
L'abondance dans les familles
Reparoîtra de tous côtés,
L'Injuftice au teint pale & blême ;
Sous les regards de Thémis même,
N'ofera plus lever les yeux.
La Chicane, ce monftre avide,
De la main d'un nouvel Alcide
Sentira les coups furieux.

La Religion floriffante
Sous un regne cher aux mortels,
Verra par une main puiffante
Par tout relever fes Autels.
D'ANTOINETTE les faints exemples,
D'abord rétabliront les Temples

De la Foi, de la Charité ;
Et LOUIS s'armant de fa foudre,
Aura bientôt réduit en poudre
L'idole de l'Impiété.

Sous votre appui, Princeffe illuftre,
L'Innocence va refpirer ;
L'honneur reprendre tout fon luftre,
Et la Vérité fe montrer :
L'indigence va difparaître,
L'abondance par tout renaître,
La Foi rallumer fon flambeau ;
La Piété long-tems tremblante,
Dans Sion rentrer triomphante,
Et l'Erreur quitter fon bandeau.

Oui, REINE, malgre les obftacles,
Vos incomparables Vertus,
Sçauront opérer ces miracles,
Et tous nos biens vous feront dus.
Français, concevez l'avantage
Du bonheur que je vous préfage ;
L'Augufte Moitié de LOUIS
En fera le type & la fource :
De fes jours priez que la courfe ,
Dure autant que les Fleurs-de Lys.

L'HEUREUX
PRÉSAGE,
STANCES.

CHAQUE Muse a chanté ton zele & tes vertus :
   Grand ROI, tout préfage à la France
   Et le bonheur & l'abondance :
   AUGUSTE eſt un nouveau TITUS.

   L'éclat pompeux du Diadême
   A bien moins d'appas à ſes yeux
   Que nos hommages & nos vœux.
   Français, c'eſt vous qu'il aime.

   Oui, c'eſt pour vous qu'il veut regner :
   Votre bien-être & votre gloire,
   Rendront fameuſe ſon hiſtoire ;
   Ses bienfaits vont vous l'enſeigner.

   Du foible déja l'eſpérance
   Luit & ranime la vigueur :
   Il ſent rallumer dans ſon cœur,
   L'amour des Arts & la vaillance.

(14)

Les fils de Mars , d'Apollon, de Thémis,
Lettrés , Artiftes , tout s'empreffe ,
A célébrer la bonté , la Sageffe,
Et les grands deffeins de L O U I S.

Le Vieillard , les enfans , les meres attendries,
Un peuple entier .... tout fe plaît à fentir
Que ce fiecle va devenir
Nos délices les plus chéries.

Et Vous qui regnez fur les cœurs ,
R E I N E, dont les vertus embelliffent le Trône,
Vous entrelaffez la Couronne
Des plus brillantes fleurs.

Notre bonheur eft auffi votre ouvrage ;
Inftruite à faire des heureux ,
Par votre penchant généreux ,
Par une Mere, à qui tout rend hommage.

Vous vivifiez notre efpoir
Tout , en votre augufte préfence,
Eprouve l'heureufe influence
Du charme qu'on goûte à vous voir.

Grâces, Amours, qui volez fur fa trace
Vous n'embellirez point fes jours ;
Elle vous furpaffera toujours ,
Vous lui cédez la place.

Pour ANTOINETTE & pour LOUIS ,
Uniſſons nos Vœux , nos Prieres
Auſſi ferventes que ſinceres,
Les Cieux en feront attendris.

Le calme heureux , la paix & l'innocence
Suivront toujours de ſi beaux nœuds,
Un Regne doux & glorieux
Couronnera l'amour , la bienfaiſance.

Par M. Mouret de S. Firmin, *ancien Commiſſaire de la Marine.*

LA LOUANGE

ÉQUITABLE,

SUR LE NOUVEAU REGNE.

Vers présentés à Leurs Majestés Très - Chrétiennes , au Chateau de la Muette ; par M. Fardeau.

Quel grand événement favorise la France !
Reſſentons du bonheur l'agréable influence :
L'auguſte Souverain que Dieu nous a donné ,
Eſt le meilleur des biens qu'il nous ait deſtiné.
Sur ſon cœur généreux, guidé par la Sageſſe,
Aſſurons notre eſpoir, notre vive allégreſſe.
De la Reine admirons les bienfaits répandus ,
Ses grâces, ſa candeur égalent ſes vertus ;
Aux belles actions ſans ceſſe accoutumée,
Pour prévenir nos vœux on la voit animée.
En marquant du retour les plus vives ardeurs ,
Offrons-leur à jamais nos ames & nos cœurs.

Lû & approuvé ce 1 Juillet 1774. *MARIN.*

Vû l'Approbation, permis d'imprimer ce 3 Juillet 1774. DE SARTINE.

www.ingramcontent.com/pod-product-compliance
Lightning Source LLC
LaVergne TN
LVHW010915180726
843502LV00010B/4135